別離只為重逢

楊淇竹 著

序

青春，對女人來說，擁有美好記憶。

記憶中，如何追索回憶？如果一個女人珍藏著青春，那在什麼情景使她觸動？詩，誠然是一個媒介，藉由文字找尋過往，青春便在詩，湧現。

《別離只為重逢》即是我尋回青春一個動機，從「別離」開始，對自身最美好青春時光，開啟回憶生命精華年歲時間，此創作特別之處，將是時間不只有停留在過去，而是從現在時序中與情人分離，間接觸動「回憶」元素，等待情人的重逢過程，也同時與青春告別。

因此，時間成為文本重要關鍵，一方面，回憶往過去探勘，一方面，等待向未來招手，兩條時間軸線同時向前與現後前行，看似平行，卻又遙遠相望。

別離由「秋」為起點，行走四季。秋思季節，情人面臨分離，尤是感傷。思念主題中，以愛做為歌詠，回顧青春年華記憶，普契尼歌劇《公主徹夜未眠》、莎士比亞《威尼斯商人》、《哈姆雷》等視為第一步尋找青春之歌的動機。經典故事，「愛」視為不斷出現核心。接著，引發探問：愛為何如此重要，又如何影響敘事發展，而生命，愛的本質究竟為何？我早年讀書時，曾經因閱讀深受感動，影響了觀看愛情的態度，作品將現在時刻感受青春歲月流逝，倒回時間至研究所念書時期，在一個充滿烈日的嘉義中正大學，秋思正醞釀……

「冬」，時間邁向下一個季節，對於情人分開日子，無時無刻都在漫長等待中度過。冷然黯淡季節，心已冬雪紛紛，唯有理性，才能震動思念；此時期選以畢卡索格爾尼卡（Guernica）系列畫作為出發，審視人類生命與戰爭，同時觀看藝術家創作生命以及批判世事的態度。

「春」，一切生命的甦醒與復甦，象徵希望和新生，時間溯回到遊走美西舊金山與洛杉磯旅程，當地櫻花相應台北杜鵑，那時兩城地景像情人分隔兩地，訴說彼此，以越洋電話連接情愫，此時風景停佇於──落櫻繽紛，吐露無限思念，杜鵑啼血，訴說漫長等待。旅行終了，面對研究生生活，雖是枯燥乏味，進入春後，卻充滿鬥志希望，在咖啡香中，品嘗閱讀樂趣之外，繼續苦惱堆積如山的論文資料。

到了「夏」，情人將至重逢，不過暑氣悶熱從莒哈絲（Marguerite Duras）《情人》蔓延開來，空間移至越南半島，炙熱陽光，情人正祕密戀愛；研究生的我，也困入嘉義北回歸線的酷暑，當時，遇見陳澄波，豐富顏彩人生，繪出嘉義地景樸實之美，巴特（Roland Barthes）《戀人絮語》也在騷動，圍繞在眾多感知氛圍中，相見情人。

情人，乃抽象象徵，亦可等同現實存在，是體認生命的伴侶之一，當我進入婚姻，情人抽象符號，一直遊走於創作意識裡，有時代表具象的丈夫，有時引領我寫作的靈感，他與青春擁有部分相同意符，總在寫作，獲得解放。當然情人，與愛情同時出現，使戀愛男女有依戀，亦在眾多經典文學中，穿梭，回憶青春，回憶愛。

妳半夜裡在我面前出現！
當我關閉夢境所有門扉
當我可聽到黑暗聲音
突然妳在我面前出現
就像灰姑娘走出童話故事
我已經足足等待千年
提著我空空的夢籃子等待。

——〈灰姑娘〉[1]

1 收錄自阿米紐・拉赫曼（Aminur Rahman, 1966-），李魁賢譯。《永久酪農場》（*Perpetual Dairy*）。台北：秀威，2016，頁81。

結識孟加拉詩人阿米紐・拉赫曼（Aminur Rahman），才開始閱讀他的情詩，其情詩不單純只寫情，文本充滿許多詮釋空間，印象深刻的〈灰姑娘〉，可為例。當我尋尋覓覓青春，發現等待的事物，已然在身邊徘徊許久，有時候甚至無從算起到底等待了多久，現在我說的是：寫作，結合青春與愛情。令我疑惑——為何書寫，為何執著呈現某一意識，詩人職分在哪……等，這些都在等待中，獲得答案；事實上，我並無長時間與拉赫曼相處，不過詩人寫作旺盛精力，全然深受影響；今年（2016），再度挑戰，向青春時間藉助力量，探尋生命驚奇過往。

目次

冬，思念持續

春，希望綻放

夏，久別重逢

秋，

別離之時

Farewell, My Love

桑葚結了第二次果實
暗紅逐漸深紫
今年秋末
若似告別炎熱
果實沉重落地
我的心
倚秋風
往蒙特婁前行
留下滿地斑爛

紅豆

一鍋紅豆湯
白煙，不斷往鍋外衝
吐露心事

悶煮一小時
思念從豆仁展開
外殼小心翼翼
呵護

糖化解相思心結
混合豆香
甜入心扉

葡萄乾吐司

麵粉、酵母、水
比例配置
倒入麵包機
再放葡萄乾
一鍵啟動
五小時，倒數中

你會問
機器不動？
氣味不香？

漫長，在你我對話
酵母已對麵粉發酵
飢餓未發現
他等待

生命總等待結果
也許意料也許未料想
他不說
漫長等待下一餐

威尼斯商人1：

招親考驗

女人迎接愛
喜歡考驗眾追求者
波黠小姐出了題
愛與財富
任君
挑選

難題，難題
王公貴族走入
深幽謎匣盒

難題，難題
波黠小姐旁觀
招親者百態

突然
巴薩紐出現
攜帶滿溢金幣
攜帶滿溢熱情
迎刃解題

情與愛，難題考驗
終得歸屬

威尼斯商人2：

等待，愛

裝作無視？

男人友情

借金錢

擔保命

逾越界線

忌妒立愛情刃

隨天秤兩側

搖擺

波黠小姐，聰敏裝扮公正

法官男裝矇住眾人

審判

友情、族裔兩紛爭

那愛情呢
安東尼與巴薩紐之間
裝作無視？

等待，等待
公正裁決

我就是法官

威尼斯商人3：考驗

愛走在思念鋼索
尋求平衡
情人遇上分離
拉住鋼索，小心翼翼
無法抵擋的謠言
隨時斬斷思念

波黠小姐不免夜長夢多
為了情，為了愛人
尾隨上陣
男裝扮相，法官地位與裁決
穿戴於身
用正義衡量一磅肉
天平兩端
考驗猶太商人的決心

考驗基督徒的情義

考驗現實的契約

威尼斯商人4：

猶太人的事

商業往來
豎起仇恨，一堵堵
堅硬高牆
基督徒與猶太人
互不相望

假如是猶太人對不起基督徒，基督徒會如何謙卑？
報復。
假如是基督徒對不起猶太人，按照基督徒的榜樣，
猶太人該如何容忍？
當然是報復囉！[1]

[1] 引自莎士比亞（William Shakespeare, 1564-1616）著，彭鏡禧譯注，《威尼斯商人》（*The Merchant of Venice*）。台北：聯經，2006，頁76。

仇恨廝殺
猶如決鬥雙方
揮舞利劍
全力較勁之時
彼此的愛
卻因各理由，出走或離開
孤獨
莎翁教訓了
基督徒與猶太人

牆，現在仍存
不敢明目張膽說
堵到誰的心

優柔丹麥王子

哈姆雷
別忘殺父仇人
那狠心
女人與男人
共謀

繞樑鬼魂
幽深長嘆

殺或不殺
我狠得下心？
叔父啊叔父……
母親啊母親……

開始作戲
幻夢裡，鬼魂靡靡之音
就是……你叔父與母親
殺了父

殺或不殺
我狠得下心？
叔父啊叔父……
母親啊母親……

演戲者癡狂
開始造夢
看戲者大怒
勾動記憶
曲未終

殺戮
殺
染血的心計

一杯毒酒
該喝的人未喝
丹麥王子母親，替子喝
女人呀，妳有無法僭越的
身分、道德、地位

一箭刺入
恨沾染了毒液
丹麥王子手中，亡叔父
人子呀，你有無法判離的
親情、愛慾、猜疑

繞樑鬼魂
幽深長嘆

復仇

當劇本翻開
主角一個個為復仇
鮮明栩栩
彷彿現實中
身著中世紀服，問
你是否知道殺父者？
眼前
鋒利刀劍
柔情丹麥王子的心
搖擺，搖擺

四百年前
莎士比亞闔眼
留許多謎團
我審視王子

他不敢相信
戲劇，現實場景
的現實

別離

詠嘆

歌劇女伶詠歎
生命
愛情
家國

詠嘆，劇作家悲憤

聲音依曲調
高低起伏

詠嘆，觀眾逃避現實

一再重複
青春被片刻
記錄
劇場錄製一部部展演

公主1：妳為何悲傷

普契尼作曲悲傷
公主黯淡詠歎，嘆
無人了解
寂靜，深夜歌聲
刺進沉睡者

猜謎致挑戰者
贏，抱得美人
輸，刀下亡魂

杜蘭朵公主埋藏仇恨
憎天下男人
拋出猜謎，迷惑無知者
前來

殺盡狂妄與卑劣
眾多王子頭顱

桀驁公主築起
恨意高牆
寒意似冷冬，吹彿
始終，等
解謎

公主2：謎

一千零一夜長河
襲來
啊！漫長夜晚

謎，迷
晚上新生，卻黎明死去？
非火，卻潑灑熱能、激情？
如冰，冷冽，純白亦黑暗？

謎難解
心結一個接一個
猜謎者陷入謎
公主美豔的謎
迷失一堵又一堵
冰，牆

一千零一夜長河
襲來
啊！漫長夜晚
死亡，倒數中

公主，淚
夜夜迷網
成一把鋒刀
用血撫平傷痕

落入謎網的眾王子呀
一一獻祭

公主3：
勇者出現

解。謎

希望

鮮血

杜蘭朵

卡拉富王子無懼

說出真心

鍾情於公主

一見剎那

死亡鮮血曾不斷

召喚王子

理智陷入

熱情鮮血

思念，燒……燒……燒……
啊，魂牽
啊，伊人

解。謎
只有解，才能獲美人
麗質美貌
甘願供她，差遣生死
杜蘭朵，我的杜蘭朵

公主4：愛

愛
一張白紙
隔開情人
雙方持刃對峙
碎紙片遍佈
血染紅了白
開在刺莖的玫瑰
流著淚
現實重複上演

愛
王子之名
許諾公主
生死拋諸眼前
天亮前一個吻

冰心融化，淚
綁彼此，玫瑰花開
戲劇重複上演

Amore（愛）……
Amore（愛）……
Amore（愛）……

公主5：女人的心

恨，絕情
公主漠視愛情
割斷一段段
燃火的希望

柔，寡斷
女人衡量真心
理智和情感
擺動天平左右

杜蘭朵穿戴公主服
滄桑，白了妝容
杜蘭朵退去頭銜冠
嬌羞，粉了心境

北回歸線

炙熱豔陽
燃燒
青春的心
北回歸線，秋
揚起塵埃
陣陣

文學理論
填充
荒蕪的心
北回歸線，秋
落下塵埃
痕痕

走在嘉義
遇見泛黃的
陳澄波

陳澄波自畫像

鏡子
臉的歲月
油彩斑駁
是
你

自畫像
投射端正
擺出嚴肅
是
我

梵谷憂愁
或許曾在自畫像
注入
靈魂的顏彩

鳳梨田

堆疊一片片
遠眺
整齊方格
撒下刺鼻肥料

秋，沉悶
瀰漫

夜市

環顧燈火
幾十張嘴輪流
開與閉

鍋和鏟碰撞
鼎沸校外聚散

地震

微震
浮動房子
回應地表悠然波動
情人吵嘴
短暫，快速平息

民雄小鎮
無預期
來一波小震
地表溫度上升
牽緊，情人小手

開學季

鬧哄哄
暑氣未消
大學生預備開學

第一週流連各門選修
偷閒計畫出遊
也許陽明山
賞美麗的凋零花
青春卻遺忘在課堂
待風乾

第二週選定修課書籍
算計請假事務
也許眾理由
插隊的事假病假

愛情卻吊掛在衣櫃
不出戶

精華兩週
迎接期中期末摧殘
點名中
度過
我
困獸的青春

瘋婦

思念關入閣樓
美麗女人
一點一滴流逝
啊，青春

曾經洋房住著幸福
現在僅只男主人
主人之女
家庭教師
傭人
走動四周
尚有不敢說出……
日日夜夜
從閣樓傳來的
聲響

惱人幽靈
男主人
難以入眠

現代人詮釋
瘋婦
關在男人的心
他不斷審視妻與瘋婦
有何差別？

黑天鵝

黑天鵝爭奇
中正大學寧靜湖
擺動不寧靜
姿態
氣質優游
少了絮聒
儼然寂靜
一片片，葉
跌入
研究生沉默
歲月

湖

黑天鵝猶在
一池湖水
盪起
秋

冬，

思念持續

絲帶
——致杜潘芳格

通過肉體的人類終點，就是神的起點。
復活在父母未生我以前的生命根源。
——〈桃紅色的死〉

曾經您到舊金山
奔父喪
廣闊天際
綁起生命之終
絲帶

纏繞生命千萬思緒
把單一線條
彎曲成圓弧
緊密生與死

終究知道
肉身，僅此肉身
絲帶
依舊飄搖
絲帶
領我前行

奔喪

支離破碎
家族人
啼哭
我奔去台南
為了外公喪禮

往新化郊區前行
目睹地震後
鋼筋支離破碎
建築像閃到腰
左右傾斜
啼哭
來自眾多家庭
震耳欲聾

我奔去台南
為了外公喪禮
同行奔喪者
泣訴震後恐懼

落櫻
——惜別「詩子會」

春季，遇雨
櫻花繽紛
一夜甦醒
花樹綠油油
恍若未曾花開

曾經，充滿情深
來到假日午後
談詩
女人細語維繫各角落
忙碌生活

落櫻，染大地桃紅
只有此刻
存在

有時，悲
困頓瑣事
時常，喜
開懷大笑
偶時，愁眉
囿限現實冷酷
時而，神采
表露自信思想

落櫻，經不起大雨
暗含淚水
別離

「詩子會」曾經，熱鬧
女人聲，傾訴生命

多聲部疊合
詩人之心
詩人之眼
跳躍，符號旋律
融合午後咖啡店
哀傷的
爵士鋼琴

花樹依然直挺
春雨年年準時
可惜，櫻花未能
如期花開

病日1

關在玻璃瓶
對看，外界
病毒狹小空間
孳生
即將滿溢的
酒精
無法作用

病日2

感冒，喝維他命C水
三天痊癒
風涼，忽冷忽熱
四天承受
陰晴作祟

下一週
感冒，喝 2000C.C. 溫熱水
三天，勉強痊癒
夜讀，無法擺脫幽靈
召喚一本本，書
四天忍受
日夜顛倒

下一週
感冒，中藥療程開始
兩天痊癒
肝卻拚命喊勞苦
夜晚擾亂睡眠
白日停工抗議
秋冬隱忍
驟變交替

虛弱病日與秋樹
靜默
凋
零

病日3

絮聒，斷斷續續
玻璃瓶已震裂
病日噪音
自意識灰色地帶
深掘
身，殘破
柔弱夜曲
曲調平穩
抵抗
堅毅，抵……抗……

病日4

愁容天空
季風吹拂下
霾
壟罩森林
懸浮粒子阻隔氧氣
遙遠肺臟吞吐
病日，一絲希望

病日5

咳嗽，震動臟器
窗外宅配車轟隆響
震飛樹上鳥
騷動，結合身體聲音
與展翅吐露厭煩
數小時
病日走在時鐘1、12
迷惘

終曲：

變形

理查·史特勞斯譜出終曲
德國戰敗
噩耗在琴鍵迴旋
黑白鍵
主曲不斷變形
一份愛國
綿延
綿延
再綿延

今年寒冬
撤向一九四六

畢卡索格爾尼卡（Guernica）系列1：戰爭

聲音都絕望了
黯淡黑灰
戰爭砲火隔絕在外
女人吶喊
嬰兒止息
聽，那批馬
嘶吼

畢卡索格爾尼卡
（Guernica）系列2：死嬰

仰天女人
哭泣

希望與絕望
戰爭亂了序列

嬰兒擁有新生
可惜，瞬間走入死亡

無辜死嬰
軍隊無視
無辜死嬰

畢卡索格爾尼卡（Guernica）系列3：哭泣

極力擦拭
臉的淚
下墜直線
還來不及等我
尖叫先衝出畫布

畢卡索格爾尼卡（Guernica）系列4：舌尖

一把把利劍
從嘴伸出
怒吼政變
怒吼……

內戰狂暴未息
佛朗哥又有大動作
軍隊軍隊

舌尖使力
向戰爭
較勁

睡，美人

美人裝睡
佯裝等待王子出現
時間凝結
猶如包裹冰雪中
封存，美人之心

思想逐漸慢速
夜，蛙鳴星空底
展開催眠
我猶未睡意
請託夜，施法術
給予旁邊滾動不入眠
兒，啊
美人裝睡
實際等待小王子睡夢

故事終曲
猶如旋轉木馬轉
迴旋，童話之心

購書日

買？抑或不買？
自訂購書日
一再猶豫

虛擬購物籃
一堆書，堆疊
買？抑或不買？

七九折可能更低
買吧!?
等等。
七五折……
買吧!?
請，停止叫喊！

信用卡
堵住思想的嘴
安靜，下單

過節

萬聖節
感恩節
聖誕節
商家乘著西洋風
加緊暖爐材火
台北無需取暖壁爐
卻讓造景紅了夜
越至年底
人氣聚集大街小巷
一杯暖烘烘
熱棉花糖咖啡
商家與顧客
一同過節

圍巾

包裹再包裹
隔絕冷風
強勢

強勢女人
經不起一句溫柔
話語亦柔亦剛
剛，紛爭
柔，圓滑
端看聲帶發出的
長短音

柔順質感圍巾
無擾生活
持續

時間暫停

高鐵，向南
急速行駛
時間行徑縮小
我正讀詩
窗外人事物
暫停的影格
一片片拼湊
構築，視網膜底
敘事

飄雨

雨
輕柔地
向情人
吻，別

紅雨傘

雨
雖，不常
今年仍飄落
時大時小
傘，撐起
穿梭人行道
突兀色彩
一朵紅花

崑劇

哀愁女伶
泣訴愛情離別
幽聲長嘆
曲奏
淚滑出音階
落進觀戲人的情
啊，為何如此？
曲終
寂靜入深夜
追回情愛重複調
啊，異常單薄。

莊生的蝶

夢裡的蝶
莊生尋尋尋
夢外的蝶
莊生試試試

小蝶，小蝶
莊生喚妻喚妻
猜疑愛
猜疑事
滿腹憂愁
決定詐死來試探

人如何試？
女人心
面對新歡

面對亡夫
搖擺躲不過愛情
終而遠離貞節
卻愛上同一男子

戲，如火如荼
痴與夢
莊生的蝶飛了
莊生的夢空了
莊生的夢，夢裡夢
不斷追……

小蝶，小蝶

獸

耳鳴，嗡作響
無法擺脫
從深谷底
傳來吼叫
回音，回音

一頭失去狩獵的猛獸
夜夜抗議
他飢餓種入我心
催促覓食

薄荷茶沖入熱水
餵養爆裂情緒
終於，夜曲放出
他走進心靈牢籠
安眠

面紙

一張抽一張
麻辣鍋季節
口腹驅領向前
鼻水斷續
拖拉在後

抽抽抽
從小孩手
從大人手
不停想止住
鼻，無法順應季節
躁動

面紙
請再來一盒

口罩

迷你短裙底
白玉腿

冷風颼颼
一只口罩
遮擋所有猜疑

春，

希望綻放

紫荊

桃紅紫荊
季節
伴隨美麗信息
展開旅行

從中正大學
一朵青春
搭上往北列車
暫留異地
基隆潮濕空氣，浸泡
她訴說：水土不服

久未回鄉，濕雨
落入土地
雨有歸鄉情愫

我卻成外地人
紫荊
日以繼夜，枯萎

畢卡索素描

〈母與子〉

女人手
輕柔懷抱
低頭靜默端看
手姿態流露溫暖
喜悅新生

畢卡索
〈人生〉

藍，一滴滴滲透
筆刷未有淚痕
卻已注入了憂傷

男人女人畫布焦點
面無表情
黯淡落入回憶

摯友親愛的摯友
死亡傷痛中
畢卡索努力追尋
藍

日照

清晨水氣
被和煦日照曬乾
暖陽揭開冬日序幕
打開門窗
把我身枯萎葉子
吹落

美式咖啡

懶洋洋晨起
研究生

電腦未關
凌晨工作繼續
啜熱美式咖啡
似泡在水的咖啡因
苦味而無感
糖加入一匙
生活慢慢溶解
一杯接一杯

醒與睡
湯匙攪拌中

兔

一席灰亮毛
無論冬
無論夏
奔走基隆與嘉義
敏捷洞悉周遭
氣候轉變
晝夜炯炯有神
不讓人發現
睡意正濃

橘貓

一隻老橘貓呢喃
喵喵喵
鎮日遊走高樓與地下
身負重任巡守
不放過
外來不速之客
飛來蟑螂
爬行螞蟻
另類奇異昆蟲
瞭若如掌
一虎掌拍下
驚天動地

他細數功績
肉掌曾眾多橫屍

尋雪

記得某一年
深山冬雪正飄落
準備簡便行囊
開出租雪鍊車
橫衝上山

舊金山冬季不冷
總是妄想上山

冷颼寒風
與雪人相同顏色
此刻，新雪飄飄
紛飛中玩捉迷藏
回聲響亮

舊金山冬季暖陽
總是遺忘過節

冬季過後
常常尋雪
尋某一年輕狂衝動
尋湖岸邊飄雪靜默
尋遺忘陽台的瓶裝果汁
尋記憶夜晚的燭光饗宴
雪，又落下
在你話語
翩然

越洋電話

晝夜相隔
話筒接起兩地鄉愁
洛杉磯櫻花
台北杜鵑
眷戀在越洋中
吐露春意

櫻花

粉嫩白朵朵
林蔭大道櫻花
向洛杉磯說：
春天綻放

杜鵑

春雨過後
潮濕燥熱土地
孕育新生
當有一刻
無意發現杜鵑蹤跡
隔日，花海
將道早安
為妳

等待桃子派

加州夏季
桃子派出爐
香酥派皮
布滿新鮮桃子切片
再一球牛奶冰淇淋
午後甜點
熱咖啡相伴
濃郁恰好

總是初春滿腹等待
期待花開
倒數結果
希望在星辰落下和升起
體驗青春

英文

隔世戀人
不斷追索眠夢
討情債
討錢債
幽森恐怖圍繞午夜
眼睜開
原來美劇播送中
英文英文，話不停

慶生

春暖，為你迎接
生命
另一片
嫩葉

捲筒衛生紙

抽拉抽拉
惡作劇
滿地

拉抽拉抽
向童年
靠近

魚

張開大口
往外，呼吸
吸取上岸後
無水氧氣
幻夢海水的鹹
一口一口
求生
向畫家求生
向觀畫者求生
吐露
最終心願

語錄

塑造不朽
語錄成了傳遞
言行
偉人換喻永恆
眾人追悼的……
語言

未來？

… if we open a quarrel between the past and the present,
we shall find that we have lost the future.

戰爭年代
邱吉爾留有許多經典
背離過去現在
趨近未來

可惜他政治前瞻
不幸留在過去

當代領袖
維持現狀的
守舊，守舊，守舊

霧，倫敦
——1952年事件

僅只五天
倫敦濃霧龔罩
無法破除迷障
考驗一個個虛弱肉體
死亡，隱藏霧裡
霧來霧去
一萬生命消失
我還思考……
今早霧霾遮蔽窗外的山
驚恐英倫人
或
驚恐台北人

老與生

眼前，推著輪椅和娃娃車
一位外傭一位母親
負荷重壓車輪
前行緩慢
城市窟窿道
加劇行動不自如
衰老和新生狠狠遭遺棄
隔絕行人

戰爭

政治家在凱旋
戰爭背後
人性
共產主義？
希特勒政權？
遊說，砲火轟炸
生機
戰事，最終誰贏？

筆記

碎片話語
政治家舉動
紀錄
危機場合
關鍵時間
訪問外交

筆記，碎屑人生
回憶錄
片刻

鋼筆

精細製工
沉重，訴說他的來歷
金屬筆頭
堅硬，記錄他的思想
詩人終生尋覓
一枝好筆
非為書寫
單純書寫
乃無懼、無懼、無懼
寫下他的剛強

詩人終生尋覓
一枝好筆

骨瓷杯

圖騰高貴
綻放瓷杯
朵朵生命
貴族手，傳遞時間
古老家族
正品嘗紅茶史

相簿

新生
相簿倩影
留下

花開瞬間
夕日雲彩

每一分秒
你我
熱情與吻

夏，

久別重逢

文學理論

一塊乾澀麵包
水分抽離
賞味期間已過

教課老師口中咀嚼的
那塊，文學理論

歷史

書，排列一本本
悲傷鏽蝕書頁
沉重加劇

事件
戰爭
文化
拼湊異國在地記憶
人來人往
台灣島
報刊、雜誌、書冊
眾多追憶

書，意外摔落地
沉痛，如何接？

莒哈絲

《情人》

美貌在時間
有了智慧痕跡
也許故事男子
墜入情海理由
偏愛聰敏

越南，寂靜海風
吹啊吹
戀愛囈語夢裡外
說啊說
炎熱氣候
愛情在半島
匆匆而過

情人，追憶奇想
法國相望遙遠
一段歷史不得不接受
情愫
來自壯大聲勢軍隊
土地連結
語言雙聲節奏
哎呀！前世的風

流星

開學不久
有一世紀時間可消磨
我們跑去操場夜空
尋流星
不知聊了什麼
你說看到流星
只有你

此起彼落
說話聲

遺忘多少日子
繼續追流星
我依然帶著世俗眼
怎麼也找不到

當晚流星雨
稍縱氛圍
我們相遇機會
渺茫

祕密

弦月朦朧
未看透另一邊
藏許多
祕密

嫦娥是否曾後悔？
吳剛也許思念家？
玉兔偶時想偷懶？

祕密
慾望殘局
人藏得妥當
生怕
生怕
滿月的一天

巴特在說話

巴特在說話
他的戀人絮語
輕聲，貼附耳際
仔細聽……
等待
……
情人內心，騷……動……

北回歸線的風

寂靜
走在嘉南平原
炙熱豔陽
亞熱帶風
寂靜
走在北回歸線

永別陳澄波

向世人別離
鮮豔色彩畫
槍響一刻

亞熱帶的風
漫漫長夜

一幅一幅
不敢張揚
血衣與遺照

亞熱帶的風
默默吹拂

〈嘉義街外〉

古樸農村和電線桿
當我走進你畫
風景依舊

亞熱帶的風
炎炎夏日

１９４７三月凝結
淚水，到了夏
水痕依舊

夜讀

夜空氣乾燥
風寂靜
星星無聲地來
沒課日，嘴尚未開
我翻開理論書
乾燥花撒了好幾頁
整個夜枯燥
需要水

宿舍

幽靜小室
隔絕內外，心靈
之外
蟲鳴鳥叫
之內
我聲吶喊

多愁善感季節
只需一朵木棉花
即可飛舞
衝破
幽靜小室

荒蕪

兩片白吐司
和溫開水
第一個胃痛早晨
荒蕪開始

午後，胃痛難耐
思緒停擺
雜草趁隙孳生
禁食

第二個胃痛早晨
食物依舊
幻想草莓果醬甜蜜
心悶悶

午後，胃痛難耐
符號殘破四處
大腦暫停組合
禁食

第三個胃痛早晨
第四個胃痛
第五個
……

吐司吐司吐司
終於，胃痛舒緩
荒煙蔓草

早餐店

吊扇轉著轉
熱空氣持續徘徊
早餐店冷氣不冷
昏暗，有些疲倦
暑氣混和鐵板煎油
食慾隨之崩解
不過沒勇氣離開
送上烤火腿蛋吐司
夾心渾渾噩噩的思緒
將葬送青春生命
一口接一口

青春

夏日空氣
在燃燒
青春?!

逝

骨瓷杯若落地
漫長精細手燒
都將……
逝

蝶

女伶飛舞肢體
瞬間顫動
似蝶
抓不著身影

寫作

時間飛逝中
暫停
筆尖向過去
索求
初嘗蜂蜜的滋味

時間、字數與論文

時間倒數
擺盪在論文寫作
一點一滴
刪刪修修
增增改改
惱人字數魔咒
困鎖
思緒，伸展

一部喜劇

喜劇，總是悲傷時
上演
笑鬧，開始到結束
生命經過好幾回
傷，笑中流淚
悲，苦裡尋樂

喜劇，開演了！
我又遁入故事者的人生。

通俗小說

理論疏散落在地
心靈地震過後
殘破
沉悶之際
通俗小說有些甜蜜
提拉迷蘇鬆軟
餵養思緒
暫停運轉

巴士，往家方向

返鄉那刻
夏末
別離嘉義情
亞熱帶的風
攜帶入荷
昏沉暑氣
背包下沉許多
我的離情
向北
巴士搖晃中

頭痛

蚊子嗡嗡嗡
一掌拍來
獵物去
另一掌打去
獵物來
來回數千
頭痛

書桌

放置電腦書桌
倚白日窗邊
放鬆時，桌子成椅子
龐然大物遠眺
太陽輕盈跳躍
建物起起伏伏
逐漸，走向黑暗

戀

唯一記憶
校區林蔭許多
蔭中有祕密
藏一涓小溪
僻境隔絕學生喧囂
連黑天鵝也未知
風，陣陣吹拂
夏之戀
吻落樹葉
撒了滿地斑爛

偶像劇

總要演，演給生人
一個希望—愛情
活不如意，看戲
造夢，走入劇作
夢有青春
夢有分離
夢有重逢
最終圓滿
時間無虛度
情人在記憶
留存彼此

偶像劇為希望而生
風靡青春男女
不知現實，不知造夢

甘願思想放空
愛愛愛

重逢

別離
向未來乞求
等待重逢
等待愛人
也等待青春兌現

蹺蹺板兩邊
稚氣愛情
咚咚響

讀詩人121　PG2037

別離只為重逢

作　　者	楊淇竹
責任編輯	林昕平
圖文排版	楊家齊
封面設計	蔡瑋筠

出版策劃	釀出版
製作發行	秀威資訊科技股份有限公司 114 台北市內湖區瑞光路76巷65號1樓 電話：+886-2-2796-3638　傳真：+886-2-2796-1377 服務信箱：service@showwe.com.tw http://www.showwe.com.tw
郵政劃撥	19563868　戶名：秀威資訊科技股份有限公司
展售門市	國家書店【松江門市】 104 台北市中山區松江路209號1樓 電話：+886-2-2518-0207　傳真：+886-2-2518-0778
網路訂購	秀威網路書店：https://store.showwe.tw 國家網路書店：https://www.govbooks.com.tw
法律顧問	毛國樑　律師
總 經 銷	聯合發行股份有限公司 231新北市新店區寶橋路235巷6弄6號4F 電話：+886-2-2917-8022　傳真：+886-2-2915-6275

出版日期	2019年6月　BOD一版
定　　價	220元

國家圖書館出版品預行編目

別離只為重逢 / 楊淇竹著. -- 一版. -- 臺北市 :
釀出版, 2019.06
面 ;　公分. -- (讀詩人 ; 121)
BOD版
ISBN 978-986-445-337-5(平裝)

863.51　　108008555

讀者回函卡

感謝您購買本書，為提升服務品質，請填妥以下資料，將讀者回函卡直接寄回或傳真本公司，收到您的寶貴意見後，我們會收藏記錄及檢討，謝謝！

如您需要了解本公司最新出版書目、購書優惠或企劃活動，歡迎您上網查詢或下載相關資料：http:// www.showwe.com.tw

您購買的書名：______________________________

出生日期：________年________月________日

學歷：□高中（含）以下　□大專　□研究所（含）以上

職業：□製造業　□金融業　□資訊業　□軍警　□傳播業　□自由業

□服務業　□公務員　□教職　□學生　□家管　□其它_____

購書地點：□網路書店　□實體書店　□書展　□郵購　□贈閱　□其他

您從何得知本書的消息？

□網路書店　□實體書店　□網路搜尋　□電子報　□書訊　□雜誌

□傳播媒體　□親友推薦　□網站推薦　□部落格　□其他__________

您對本書的評價：（請填代號　1.非常滿意　2.滿意　3.尚可　4.再改進）

封面設計____　版面編排____　內容____　文／譯筆____　價格____

讀完書後您覺得：

□很有收穫　□有收穫　□收穫不多　□沒收穫

對我們的建議：______________________________

____

____

____

請貼
郵票

11466
台北市内湖區瑞光路 76 巷 65 號 1 樓
秀威資訊科技股份有限公司 收
BOD 數位出版事業部

（請沿線對折寄回，謝謝！）

姓　　名：＿＿＿＿＿＿＿＿　年齡：＿＿＿＿　性別：□女　□男

郵遞區號：□□□□□

地　　址：＿＿＿＿＿＿＿＿＿＿＿＿＿＿＿＿

聯絡電話：（日）＿＿＿＿＿＿＿＿（夜）＿＿＿＿＿＿＿＿

E-mail：＿＿＿＿＿＿＿＿＿＿＿＿＿＿＿＿